Björn Pötters

* * * * * * *

Eine Woche Schmerz – 15 tragische Kapitel

Versuch über die Heilkraft des Schreibens

Der Autor unternimmt den Versuch, die Heilkraft des Schreibens zu erklären und schickt dafür einen fiktionalen Protagonisten ins Rennen: Ein wohlhabender Bankdirektor erkrankt an Lungenkrebs und begibt sich in letzter Konsequenz auf die Suche nach seinem authentischen Selbst. Dafür beginnt er mit Schreibarbeit in Form eines Tagebuchs, das, obgleich vielleicht sein Körper zu Grunde geht, zumindest seine verlorene Seele rettet. Selbstfindung durch literarisches Schaffen – Das vorliegende Experiment ist weder Sachbuch noch Belletristik – Es spielt auf beiden Seiten.

Über den Autor:

Nach dem Zivildienst in einer Psychiatrie, Studium der Allgemeinen Literaturwissenschaft, Medienwissenschaft und Psychologie in Paderborn. Gearbeitet und gelebt in Ghana und Spanien. Aktuell als freier Autor im Bereich Storytelling tätig.

Inhalt

Herstellung und Verlag:
BoD - Books on Demand, Norderstedt
ISBN 978-3-8370-5061-5

Der Vorteil, der Luxus ebenso wie die Qual und die Verantwortung des Romanschriftstellers ist, daß es keine Grenze gibt, bis zu welcher er sich als Ausführender versuchen kann – keine Grenze für mögliche Experimente, Wirkungen, Entdeckungen, Erfolge.

(Henry James, Die Kunst des Romans)

Prolog

Dies ist in erster Linie die Geschichte eines Menschen, geboren und aufgewachsen in einem postmodernen Ambiente eines westlichen Staates mit optimal geordneter Infrastruktur. Gut situierte Familienverhältnisse formen ihn zusammen mit seiner genetischen Veranlagung zu einem voll ausgebildeten Mitglied einer auf humanistischen Grundlagen erbauten Gesellschaft. Obgleich die Moral unter dem enormen Druck der Ökonomie zu bröckeln beginnt, versucht dieser Mensch traditionelle Wertvorstellungen zu wahren und beginnt Philosophien der Leistungsoptimierung mit Vorstellungen eines würdigen angenehmen Lebens zu verbinden. Dabei nimmt er zugleich Rücksicht auf seine Mitmenschen, während drei Säulen volkswirtschaftlicher Moralphilosophie von Adam Smith auf seinem genealogischen Fundament gebaut sind: Klugheit, Gerechtigkeit und Güte. Freilich hätte er nach Marx oder Brecht niemals ohne die Basis seiner Herkunft einen derartigen Überbau entwickeln können, doch ist dieser Verdienst Teil einer großen Geschichte und Segment unüberschaubarer Soziologie. Dementsprechend agiert er, wie Michel Houellebecq sagen würde, als symptomatisches *Elementarteilchen* in einem großen Kosmos aus Zeit und Raum. Beides spielt in dieser Erzählung keine Rolle im eigentlichen Sinne. Nicht eine Bezeichnung von Orten, Zeiten, Subjekten oder Objekten ist hier von Bedeutung, sondern die Zeichen selbst. Nur so erkennen Leser aus sicherer Distanz Umstände und Entwicklungen, die mit einem voyeuristischen und intellektuellen Wohlgefallen beobachtet werden können und wie wir feststellen werden, ergibt sich ein ganz neuer Blick auf etwas, das zwischen den Zeilen zu finden ist. Etwas, das unser liebenswerter Mensch entdecken wird und das wir als Beobachter zweiter Ordnung nicht nur sehen können, sondern geradezu fühlen müssen.

Es gibt zahlreiche Dokumente, wie ein Tagebuch, das die innere Vielfalt seiner Gedankenwelt illustriert, Berichte, Photographien, sowie externe Aufzeichnungen von ihm nahestehenden Personen und psychologische Gutachten. Das Tagebuch wird im vorliegenden literarischen Experiment zu einem nachvollziehbaren Gestell artikuliert; nicht um dem Bemühen willen, eine möglichst wahrheitsgemäße Darstellung zu erlangen, sondern um alle Aspekte dieser menschlichen Existenz in eine Form zu pressen, die von Lesern ohne große Mühen erfasst werden kann. Wenn es um so etwas wie Wahrheit geht, dann entnehmen wir sie vielleicht aus einer Kombination verschiedenster Blickwinkel, doch bleibt sie zuletzt immer Konstrukt unser selbst. Deshalb mein Rat, dem Text aufmerksam zu folgen und keineswegs an lästigen Details festhalten. Denn das hier präsentierte Kontinuum wird sich ganz sicher auflösen. So plausibel und zusammenhängend es auch ist; eine irrationale Kraft wird dafür sorgen, dass das Geschriebene mindestens dem Titel des Buches gerecht wird, ohne die Kosten dem Hauptprotagonisten in Rechnung zu stellen. Und genau um diesen geht es in erster Linie: ein sogenannter Homo sapiens. Über den Menschen an sich weiß die Menschheit mit Hilfe der Wissenschaftsformation schon eine ganze Menge. So haben psychologische Studien grundlegend festgestellt, dass es zahlreiche Möglichkeiten gibt, den Menschen empirisch gleichzuschalten. Während Soziologen doch immer auch den Hauch eines Philosophen in sich spüren, stützt sich der gemeine Psychologe im Zweifel lieber auf Methode und Statistik. Deshalb wird es auch in dieser teils dokumentarisch veranlagten Geschichte interessant zu beobachten sein, wie beispielsweise psychologische Gutachten mit persönlichen Tagebüchern korrelieren oder ob sie eher einer willkürlichen Diskrepanz unterworfen sind. Die Vielzahl vorliegender Schriftstücke aus unterschiedlichen Lebensabschnitten ermöglicht für ein sanftes Verständnis jene chronologische Ordnung, die zunächst als gegebener Zeitfaktor im Raum stehen soll: eine Woche. Es wird teilweise ganz bewusst darauf verzichtet, für Suspense und Spannung mit der Zeit ein wildes Spiel zu inszenieren. Konventionsbrüche werden durch Formmanipulationen oft deutlich sichtbarer oder bekommen den glamourösen Schein einer Neubelebung, doch dadurch leiden Aufmerksamkeiten im semantischen Spektrum, das hier den Großteil eines Versuchs darstellt, innovative Schreibkultur zu etablieren.

Verschiedene Perspektiven, die durch Abwechslung diverser Dokumente hervorgerufen werden, geben faszinierende Einblicke in die Welt des Menschen, der notwendigerweise seine eigene Welt, in der er lebt, zunächst für sich konstruiert und später dekonstruiert. Was damit genau gemeint sein soll, wird sich im Verlauf der Erzählung noch zeigen. Zumindest ist gewiss, dass Leser nicht notwendigerweise an alle geschilderten Subgeschichten gebunden sind, um Essenzen zu verstehen. Weiterhin ist es nicht unmöglich, sich alles einzuverleiben und damit dem entgegenzustreben, was ein Wissensgläubiger vielleicht als höhere Emergenz bezeichnen würde. Betrachten Sie also dieses Werk als literarisches Experiment, das mit Zielvorstellungen der Vollkommenheit gleichermaßen umgeht, wie mit Fragmenten einer Diversifikation.

1

Lust hat sich vermutlich in der Evolution als ein Kriterium herausgebildet, anhand dessen Handlungsfolgen positiv oder negativ bewertet und entsprechend markiert im Gedächtnis abgespeichert werden können. Zukünftig wird dadurch eine effektivere Verhaltenssteuerung ermöglicht.

(Hilgarts Einführung in die Psychologie)

Tagebuch

Jeden Tag werde ich aufs Neue motiviert, mein Leben in fortlaufenden Bahnen zu organisieren. Da existieren kleine, in naher Zukunft liegende Projekte, wie das Treffen mit einer begehrenswerten Person oder ein wohlschmeckendes Abendessen in einem guten Restaurant. Der tägliche Gang zum Badezimmer mit der Zielsetzung eines innerlich und äußerlich gereinigten Wohlbefindens und andere Miniatur-Riten mit eingeschlossen, stellen die wohl kleinsten Einheiten meines motivierten Handelns dar. Große Pläne gehen vorwiegend mit einer langen Zeitspanne einher: Beispielsweise der Kauf hochpreisiger Gegenstände, die dann als Eigentum in Lebensstrukturen eingebettet werden dürfen. So kommt es dazu, dass mein Leben immer komplexer wird, immer mehr Planung erfordert und immer genauer auf zukünftige Ereignisse abgestimmt werden muss.

Während der Kindheit wurde mein Leben ganz unbewusst wie von selbst gesteuert. Es gab keine Rückschritte und nur die Zukunft war bedeutsam. Das Elternhaus, in dem ich aufwuchs, hatte sich ganz konventionell um alles gekümmert: eine gute Schulbildung, gesunde Nahrung, angebrachte Hygiene und eine aus heutiger Sicht unvorstellbare Sicherheit eines naiven heranwachsenden Organismus. Der Naivität wich mit der Jugend das unersättliche Bedürfnis nach Kompetenz und Unabhängigkeit. Es war wie eine Gier nach mehr Leben, obwohl es schon längst lebendiger nicht mehr hätte zugehen können. Die Lust am anderen Geschlecht kam hinzu. Wie ein entfesseltes Tier steuerte ich in Richtung Macht. Mehr Macht über meinen eigenen Körper und Geist. All dieses Bestreben verlief in wechselseitiger Beeinflussung meines Inneren zur vorgegebenen Außenwelt, die mit ihren Strukturen ursprüngliche Triebe gezielt verlagerte. Und zwar im Hinblick auf eine gesellschaftliche Akzeptanz, an der ich mich immer mehr orientieren wollte, denn soziale Anerkennung wurde zum höchsten Gut erklärt und sollte auch zukünftig mein Leben bestimmen. Die durch Lust gelenkte Motivation gefiel mir ganz unbewusst und sorgte für immer mehr Erfolge, auf die ich im weiteren Verlauf aufbauen konnte. So wurde mein Leben mit vielen Höhepunkten ausgestattet.

Eine unmittelbare Lustbefriedigung gab es schon lange nicht mehr. Es zählte vielmehr der Aufschub irgendwelcher Bedürfnisse, die immer wieder erfunden wurden und denen man sich voller versteckter Leidenschaft fügte. Ich hatte nach meinem Wirtschaftsstudium klare Vorstellungen von der Welt, in der ich leben wollte: finanzieller Reichtum, emotionale Geborgenheit, besondere Kompetenz und hohe Anerkennung. Das verwirklichte sich fast von selbst. Durch meinen überdurchschnittlichen Abschluss bekam ich einen hervorragenden Job bei einer renommierten Bank. Nebenbei arbeitete ich als Fondmanager und konnte innerhalb kurzer Zeit eine beträchtliche Summe aus vielfältigen finanziellen Mitteln mein Eigentum nennen. Dann belohnte ich mich nach und nach mit großen Anschaffungen, wie einem neuen Sportwagen oder einer großen Eigentumswohnung, so dass meine Lebenssituation merklich verbessert wurde. Da sich räumliche Flexibilität, mit Ausnahme eines Auslandssemesters, immer schon in Grenzen gehalten hatte, konnte ich getrost mein Kapital in feststehende Objekte investieren, ohne den Hauch einer Sperre zu spüren. Eigentlich hatte mich nie in irgendeiner Weise die Empfindung einer Beschränkung berührt; lediglich anderen Mitmenschen unterstellte ich dieses Gefühl. Wohlstand machte mich frei und Freiheit sollte doch das höchste Ideal sein, dem es nachzustreben galt. Mit der Zeit wurde mir allerdings bewusst, dass auch gewisse persönliche Grenzen glücklich machen konnten. Es trat ein wunderbarer Mensch in mein Leben, mit dem ich sexuell und platonisch die angeblich doch jedem Geschöpf innewohnende Liebessucht befriedigte. Lieben und geliebt werden gehörte von da an zum Repertoire gemeinsamer Affekte und auch alle anderen Lustbefriedigungen wurden in der Regel geteilt. Eine wunderschöne Zeit stand bevor. Eine wohl durchdachte Zeit. Der große Plan vom Leben ergab sich aus einer Vielzahl getroffener Entscheidungen und formte unsere Existenz zu einer unumgänglichen Schönheit aus Genusserfahrungen. Alles war Genuss. Leidenschaftlicher Genuss von Lust mit der Konsequenz neuartiger Höhepunkte. Doch irgendwann hörten die Höhepunkte auf, und in diesem bereits schon etwas länger andauernden Zeitraum fange ich nun an, Tagebuch zu führen. Ein Tagebuch der Gegenwart und Vergangenheit, der Ursachen und Wirkungen, sowie der Schuld und Unschuld. Es ist das erste Mal in meinem Leben etwas Schreckliches, das Anlass zur Analyse gibt, passiert. Und in letzter Konsequenz beginne ich mit diesen Aufzeichnungen, um nach meinem verlorenen Selbst zu suchen.

2

In hochentwickelten Medien-Codes finden sich daher immer auch Symbole mit dieser Funktion: Verbote der direkt-gewaltsamen Zielverfolgung und Rechtsdurchsetzung; Diskreditierung jeder Selbstbefriedigung in Fragen der Sexualität und der Liebe; Abwertung und Benachteiligung ökonomischer Askese und Selbstgenügsamkeit; schließlich methodische Eliminierung aller rein subjektiven Evidenzen, introspektiv gewonnener Sicherheiten, unmittelbarer Wissensquellen. Was dabei an psycho-somatischen Techniken mitdiskreditiert worden und unterentwickelt geblieben ist, lässt sich schwer abschätzen. Die kulturelle Dominanz der Medienfunktion hat Wissen und Überlieferungen in diesen Richtungen verkrüppeln lassen.

(Niklas Luhmann, Symbolisch generalisierte Kommunikationsmedien)

Keine Zeit für das Selbst

Menschen stehen immer im Selbst-Umwelt-Bezug. Erlangt das Selbst in der Umwelt oder die Umwelt im Selbst zu hohe Bedeutung, besteht die Gefahr, das Selbst selber zu vernachlässigen. Paradoxerweise ist eine derartige Vernachlässigung kulturell hoch honoriert und führt nicht selten zur vollständigen Eliminierung der eigenen Essenz (was eine hochwertige Existenz keinesfalls ausschließt, sondern begünstigt). Unser unter genauer Beobachtung stehendes Fallbeispiel erleidet scheinbar rückblickend diesen Prozess. Es sieht nach diesem kurzen Einblick ins persönlichste Buch (der Tage) ganz so aus, als ob er seine ständige Fixierung auf die Umwelt bereut und vor lauter Bezugspunkten seinen eigenen Bezug, seinen Selbstbezug, nicht mehr herstellen kann. So wird nicht mehr im Selbst gelebt, sondern dieses dient schlimmstenfalls nur noch als Befriedigungsapparat, der, mit den Worten von Pierre Bourdieu, einer Pflicht zum Genuss unterworfen ist. Und was ist mit dem Seelenleben einer Metamaschine? Eine Kontrollinstanz des triebhaften Apparates? Was vermisst der Mensch, wenn er sich auf die Suche nach seinem Selbst begibt? Und wie konnte es passieren, dass er empfindet, als hätte er es verloren? Wir dürfen gespannt sein, ob diesen Fragen in zukünftigen Aufzeichnungen nachgegangen wird. An dieser Stelle sei nun lediglich abstrakt spekuliert, dass das Selbst für den Menschen vielleicht verloren gegangen ist, da es sich zu sehr inszenieren musste und irgendwann zu jeder Zeit auf einer Bühne stand, die es gar nicht als Theaterschauspiel erkennen konnte, sondern für die wahre Realität gehalten hatte. Kein besonders frappierender Ansatz, aber sicher eine Möglichkeit, die dem Ausspruch „Die Welt ist eine Bühne!" folgt und weiterhin fragt, was denn mit den ganzen Bühnenschauspielern passiert, wenn sie sich mal selber kennen lernen möchten. Woher kann ein Mensch eigentlich wissen, wann er authentisch ist und wann nicht? Und was ist Authentizität in einer von Massenmedien durchfluteten Welt überhaupt noch? Wenn bedacht wird, dass die Sprache besonders zur Bewusstwerdung mit der Erfindung der Schrift ja bereits etwas Künstliches ist, fällt es sicher schwer, überhaupt eine Antwort zu formulieren. Besser wäre vielleicht, diese undogmatischen Überlegungen etwas zu verlagern. Kann es nicht sein, dass sich jemand von der Niederschrift seiner Gedanken tatsächlich etwas ganz entscheidendes verspricht? Ein privates Tagebuch ist ja in der Regel niemals zu einer Veröffentlichung bestimmt, geschweige denn für andere Menschen zugänglich. Von daher liegt die Vermutung schon sehr nahe, dass durch den Prozess des Schreibens, der Konservierung ins Externe, und ein späteres Lesen, dem Schöpfer eine gewisse Wahrhaftigkeit offenbaren kann. Zumindest zeigt sich Zeit, die er für sich selbst, und ausschließlich für sich, investiert hat. Sicherlich ist Zeit, ebenso wie Sprache, etwas Künstliches, das das Individuum im Abgleich mit dem kulturellen Gedächtnis erfährt. Prinzipiell dürften derartige Aspekte aber unwesentlich für das authentische Selbstbild sein, wenn es darum geht, dieses mit kulturellen Praxen zu zeichnen, um dann klammheimlich daraus später ein literarisches Werk herzustellen.

Zahlreiche Zeugnisse und Überlieferungen des Menschen zeigen zunächst, dass er mit einem bestimmten Zeitpunkt begonnen hat, sein ganzes vergangenes Leben und seinen gegenwärtigen Zustand zu reflektieren. Eine lange Zeit wurde recherchiert, um nach und nach ein großes Puzzle zusammenzulegen. Doch die Puzzleteile selbst konnten nur durch den eisernen Willen des Menschen entstehen, der seine Zeit opferte, um sich endlich wieder seiner selbst zu widmen. Und das hat er sehr erfolgreich getan, auch wenn es in letzter Konsequenz allen Lesern ermöglicht wird, an seiner privaten Entdeckungsreise teilzunehmen. Durch eine auktoriale Erzählinstanz sind Reflexionen zu jeder Zeit gesichert und die künstliche aber gleichermaßen kunstvolle Anordnung einer scheinbaren Dokumentation wird versuchen, narrative Darstellungen erzeugen. Wie schon ein großer Philosoph namens Schelling sagte, kann erstens Freiheit nur auf einer Idee beruhen, wobei es weder Ideen von Staaten oder Maschinen gibt, und zweitens kann Wahrheit nur in einer vollendeten Form auftreten, wobei beispielsweise die Wissenschaft eine endlose Abstraktionskette bildet, ohne jemals etwas zu vollenden. Das vorliegende Buch beruht, und das sei Ihnen hiermit versichert, auf einer Idee. Auf der anderen Seite unterwirft es sich gewissermaßen einer Maschine, der Schrift. Die geschlossene Form widerspricht manch offenen Gedanken und Assoziationen des Inhalts, die bei jedem Lesen in differenzierter Weise auftreten. Doch genau dieser Aspekt der Vielfalt zeugt von Qualität. Unberechenbares sorgt für Freiheiten. Das ist schön, nur wissen wir immer noch nicht, wo unser Mensch nach seinem Selbst suchen wird und vor allem, ob er es überhaupt beim Schreiben finden kann.

Ist das Selbst nicht eine Idee? Ist sie damit frei? Wir werden nach einer Antwort suchen.

3

Dabei gibt es gute Gründe, mit Francisco Varela zu fragen, ob ‚the mind' überhaupt ‚in the head' ist oder etwa, wie in Ameisenstaaten, in der gesellschaftlichen oder symbolischen Organisation, in der Schrift, in der Maschine.

(Raimar Zons, Die Zeit des Menschen, S. 11)

Montag: Ein Wort und ein Tag

Nun bin ich ganz alleine mit meinem Tagebuch und den Wörtern, die aus meinem Geist strömen und über meine Hand in wohlgeformte Zeichen verwandelt werden. Niemals zuvor bin ich in der Lage gewesen, auch nur ein unnötiges Wort zu Papier zu bringen. Es ist sehr schön, mal etwas nicht Notwendiges zu tun.

Heute Morgen plagten mich starke Lungenschmerzen und von daher hatte ich frühzeitig meinen Arbeitsplatz verlassen. Seit einigen Monaten schikaniert mich mein Atemapparat, so dass Sport kaum noch möglich ist. Rauchen hatte ich sogar gestern eingestellt, was mir heute sehr zu schaffen macht. Das Verlangen nach einer Zigarette plagt, doch möchte ich stark bleiben. Für Mittwoch ist ein Arzttermin angesetzt. Es soll endlich mal diese verdammte Lunge untersucht werden. Schon komisch, bisher war immer alles in Ordnung. Regelmäßiges Training im Fitnessstudio in Kombination mit einer halben Stunde Joggen hat jahrelang meinen genussbetonten Lebensstil kompensiert. Doch seit einiger Zeit geht's bergab. Mir kommt es so vor, als wäre ich in den letzten Monaten um Jahre gealtert. Und das scheint der Grund dieser Schreibarbeit zu sein. Mein gesunder Körper ist immer als vorausgesetzte Konstante im Leben präsent gewesen und plötzlich, mit Mitte dreißig, spüre ich erstmals den Verfall der Form und die Endlichkeit des sorglosen Daseins. Bisher lief alles glatt, doch nun kommt seit Langem mal wieder ein Arzt ins Spiel. Die ganzen Erfolge, die Karriere und mein ansehnlicher Wohlstand helfen momentan nicht über den desaströsen Zustand meines Körpers hinweg. Und zugegebenermaßen hatte ich mich immer mit jedem erfolgreichen Aktiendeal unsterblicher gefühlt, mit jeder Frau besser, mit jedem Glas Green Label erfrischter und mit jeder Zigarette robuster. Doch irgendetwas nagt in mir. Ich habe Angst. Ein geordnetes Leben mit vielen positiven Werten scheint ein Segen zu sein. Eine schöne liebenswerte Frau, die sich um einen kümmert, wenn man krank ist oder Sorgen hat, eine eigene Wohnung mit hübschen Möbeln und einer riesigen Glotze, ein Sportwagen mit ordentlich PS, sicherer Job und gutes Geld, dabei noch glänzend aussehen und sich super fühlen. Leider fühle ich mich nicht mal mehr befriedigend oder ausreichend. Und seltsamer Weise fühle ich nicht nur Schlechtes, sondern was den Geist betrifft, so ist er leer. Scheint so, als ob wirklich alles eine Bedeutung hat, nur meine eigene verliert sich im Material meiner Umgebung. Der Fernseher läuft und zeigt Geschehen ohne Bedeutung. Ich fühle mich wie ein defektes Fernsehen. Sinnloses Material mit gestörtem Inhalt. Wo haben sie sich versteckt? Das harmonische Bild meines Selbst und die große Anerkennung meiner Taten. Alles läuft den Berg hinunter und geht baden. Das Telefon klingelt, einen Moment bitte, liebes Tagebuch.

Ich komme mir vor wie ein hilfesuchendes Kind. Wer „Liebes Tagebuch" schreibt hat definitiv einen Rückschritt unternommen. Liebe Tagebücher sind für Kinder und Pubertierende, nicht aber für erwachsene Bankdirektoren. Doch es hilft alles nichts. Die Gespräche mit meinen Mitmenschen sind so schnell und belanglos. Es scheint so, als ob sich im Redefluss, im Gespräch von Mund zu Mund, nur die Zeit besiegen lässt. Zeit in der wir einsam sind. Zeit unserer Selbstrede und unseres Selbstmitleides. Liebe zu anderen hilft uns bei der Überwindung eines unerträglichen Zustandes. Ein Zustand, der den mentalen Aufenthalt in einem Körper erzwingt, nicht lösbar, ewig gebunden. Hat das Telefon doch eben gerade die Stimme meiner Geliebten von Oslo in mein Gehirn transportiert, fühlte ich mich für den Moment in einem Traum der Worte gefangen. Das bin ich nicht. Ich bin hier und fühle mich elend. Meine große Liebe weiß davon noch nichts. Über diese Krise meiner Selbstfindung und Auflösung meiner kostbaren Gesundheit. Sie könnte es ohnehin nicht ändern. Mitleid und verkappte Mutterliebe bringen dem allseits starken Mann nichts. Er begreift sein eigenes Handeln als Initiative, schreibt ein liebes Tagebuch, geht zum Arzt und bekommt sein Leben wieder in den Griff, wieder in Ordnung. Vielleicht helfen diese Notizen auch bei der Bereinigung meiner Gedanken. Doch das Selbst erscheint sicher nicht in einer geordneten Welt von Sprache. Es sind doch Dinge und Relationen, die diese Wörter zum Ausdruck bringen. Heute ist Montag. Weiß Gott, tot oder lebendig, dass das ein wichtiger Tag ist? Mit Sicherheit. Die Erfindung der Wochentage, die Benennung aller Dinge, das Entstehen der menschlichen Kommunikation im Allgemeinen, all das führt nur dazu, dass der Mensch gar nicht mehr weiß, wo er suchen soll, wenn er sich selbst vermisst. Ich bin nicht dieses Tagebuch. Ich bin nicht diese künstliche Zusammenstellung von Wörtern. Und spätestens mit *Fight Club* ist mir klar geworden, dass ich auch alles andere nicht bin. Nicht die Möbel, nicht der teure Anzug, nicht das Cabriolet. Vielleicht neigt der Mensch dazu, sich und andere mit Hilfe von Dingen und Eloquenz zu definieren. Nehme ich mal ein Beispiel: Dieser Mensch dort drüben ist ein Schriftsteller. Seine Wortvielfalt erscheint in gnadenlos hochwertiger Qualität und er lebt, da seine Bücher ihn reich machten, in der Karibik, wo ein roter offener Oldtimer und eine Villa, sowie

Segelboot und Hund, zu seiner Definition als Lebemann beitragen. Auch innere Werte zählen, so spricht seine Leberzirrhose eine deutliche Sprache. Die Definition dieses Menschen als wohlhabender Karibik-Schriftsteller mit Alkoholproblem ist absolut aufgesetzt und suggeriert jedem verblödeten Medienjunkie eine Vielzahl von abenteuerlichen Vorstellungen. Als Wirtschaftsexperte definiere ich mich freilich kapitalorientierter. Ökonomie ist das A und O. Kapitalstrukturen von Pierre Bourdieu haben mich ebenfalls überzeugt. So etwas ist greifbar, messbar und spricht klare Worte. Sind alle Werte positiv besetzt, ist alles in Ordnung. Doch mein körperliches Kapital rutscht ab, geht ins Minus, wie ein Börsencrash abgesackt. Da frage ich mich wirklich, was mir lieber wäre. Verlust des sozialen Kapitals durch Trennung der geliebten Frau, so schlimm auch das für mache ist, sollte mir da willkommener sein. Verlust meiner Finanzen hingegen hätte mich wohl in eine ebenso schwerwiegende Krise gebracht. Schon seltsam, liebes Tagebuch, dass es Werte gibt, deren ich mir jetzt in diesem Moment erst bewusst werde. Vielleicht helfen mir die Wörter doch. Vielleicht komme ich meiner Seele doch auf die Spur. Man sagt, der heutige Tag heißt Montag. Es regnet und ich atme schwer. Bis morgen.

4

Damit erhält Motivation ein Zeitkontinuum, wobei Zeiterleben zutiefst emotional bedeutsam ist und keineswegs eine distanzierte kognitive Erfahrung darstellt.

(Rolf Oerter, Entwicklungspsychologie, S. 761)

Zeit der Zeit

Natürlich ist die Zeit des Menschen etwas Subjektives. Es kommt ganz auf den kulturellen Kontext an, in dem ein Mensch lebt und auch darauf, wie seine innere Uhr tickt. Die Orientierung am Kalender ist nur eine intersubjektive Organisations- und Erfahrungsstruktur. Unser Mensch macht sich momentan noch etwas indirekt zahlreiche Gedanken über seine eigene Zeit. Durch eine schlechte körperliche Verfassung wird ihm bewusst, wie sehr er doch von sich selbst abhängig ist und wie abstrakt und rational er die Zeit bisher erlebt hat. Mit der Störung einer Selbstverständlichkeit (Gesundheit) rückt sein ganzes Empfinden ins Zentrum der Subjektivität. Und dieses Zentrum fühlt sich leer an. Seine Selbstbeschäftigung mit den Gedanken, die Tag für Tag von einem Zeitpunkt an von ihm niedergeschrieben wurden, füllen eine Leere mit Inhalt und Form. Etwas Greifbares, für ihn selbst, wie auch für uns Leser. Doch warum ist dieser Mensch zur Formbildung motiviert? Möchte er vielleicht die Zeit festhalten, erkunden oder gar überwinden? Vielleicht ist er geneigt, sein leeres Inneres mit dem bloßen Schaffensakt zu kompensieren. Auf alle Fälle wird ein Kontinuum geschaffen; eine Zeit der Zeit. Und diese Zeit ist nun bei allem Respekt gegenüber der Physik psychologisch betrachtet äußerst gefühlsbetont in ihrer Wahrnehmung. Sei sie noch so künstlich und noch so abstrakt, letzten Endes bleibt sie eine Illusion. Doch wenn vom Ganzen die Rede ist, beispielsweise in der Literatur so oft im Verhältnis zur idealisierten Vollkommenheit, dann wird Zeit gebunden und erlangt im Streben der Menschheit nach göttlichen Bedürfnissen einen Anspruch, der etwas Absolutes postuliert. Wie dem auch sei, ein Buch bleibt ein Buch, ein Tagebuch zählt Tage und ohne einen Leser (und wenn es nur der Schreiber selbst ist) bleibt alle Wahrheit, sofern man an so etwas glauben möchte, im Verborgenen. Und wo wir gerade beim Wahrheitsbegriff sind, so stellt sich doch zunächst die Frage nach der Motivation, Wahrheiten zu erlangen. Ist Motivation nicht immer etwas Lusterfüllendes? Wenn ja, kann nicht paradoxerweise jener keine Wahrheit erkennen, der Leid empfindet? Warum aber kann Denken so traurig stimmen? Und warum haben große Denker stets gelitten?

5

Der Schmerz fragt immer nach der Ursache, während die Lust geneigt ist, bei sich selber stehen zu bleiben und nicht rückwärts zu schauen.

(Friedrich Nietzsche, Die fröhliche Wissenschaft, S. 48)

Dienstag: Brennende Lungenflügel

Vielleicht sind zwanzig Jahre Tabakkonsum nicht ganz spurlos an meiner Lunge vorbei gegangen. Der zweite rauchfreie Tag entpuppt sich als Hölle. Dicke braune Stückchen hustete ich heute Morgen ins Waschbecken. Meine Lunge schmerzt beim Atmen und ich bekomme zudem schlecht Luft. Die ganze Zeit über habe ich ein Gefühl des Sauerstoffmangels und Zeit vergeht so langsam wie nie zuvor. Die Betriebsleitung hat mir frei gegeben als mein Gespräch mit dem Personalchef am Telefon von einer extremen zwei minütigen Hustenattacke unterbrochen wurde. Nun sitze ich zu Hause vor dem Computer und trinke grünen Tee mit Kräuterschnaps. Das Schreiben per Hand ist zwar eine Wohltat für die Seele gewesen, doch ab heute mache ich mir das virtuelle Metamedium zu Nutze. Freilich werden die geschriebenen Seiten per Druck in die Realität befördert und chronologisch in mein geliebtes Hartcover-Tagebuch eingeklebt. Gedanken am

Bildschirm sind so weit weg und so wenig konkret. Auf dem hölzernen Papier im Einband eines Buches erfüllt mich mein persönliches Schrifttum mit weitaus größerer Freude. Dennoch ist für produktives Schaffen der Computer ein willkommenes Hilfsmittel, zumindest im Moment des Aktes.

Mein Brustkorb sticht unaufhörlich beim schweren Atmen. Um ein kurzes Gefühl ausreichender Sauerstoffzuvor zu erlangen, benötige ich oft mehr als dreißig Minuten Zeit, in der ich krampfhaft um einen tiefen Zug bemüht bin. Jeder erfolgreiche Moment ohne Leid beschert einen Höhepunkt der Glückseligkeit. Haben mich bisher nur lustvolle Dinge in die Höhe getrieben, so reicht inzwischen ein kurzes Verschwinden des Leidens aus, um zufrieden zu sein. Schon merkwürdig. Alles andere rückt in den verzehrenden Hintergrund. Als Ablenkung dieser durchweg leidvollen Situation hebe ich meinen vom Schmerz gepeinigten Geist aus der Verankerung seiner Körpermaschine und bewege das Zentrum der Aufmerksamkeit auf die Schrift, dieses morphologische System, in dem es scheinbar Wahrhaftiges zu entdecken gibt. Mein Glaube an irgendeine Wahrhaftigkeit schmälert allerdings nicht die Hoffnungslosigkeit des verreckenden Subjekts, aus dem es kein Entkommen gibt. Denn der Mensch bleibt letzten Endes ein ganzheitliches Lebewesen; da kann er noch so viel schreiben, noch so viel forschen und entdecken. Fragt sich, und dieser Gedanke übermannt mich gerade, ob es überhaupt etwas zu entdecken gibt, oder ob nicht vielmehr ständig erfunden wird. Es läuft mir beim Nachdenken ein eiskalter Schauer über den Rücken, wenn doch die Möglichkeit besteht, dass ich mein Selbst vielleicht nur erfinde oder innerhalb des kindlichen Konstrukts nach etwas forsche, was längst im Programm festgeschrieben steht und bis zum bitteren Tod lediglich aufgedeckt werden kann. Doch dieses Wagnis gehe ich ein. Bei vollem Bewusstsein wird die Reise ins tiefe Innere fortgesetzt, wobei es schon eine Menge Beherrschung erfordert, dieses Leiden so zu verarbeiten, dass mein Tagebuch nicht als reines Trauerspiel des körperlichen Zerfalls endet.

Deshalb möchte ich den heutigen Tag nutzen, um das Negative auch mal anders zu greifen. Keinesfalls aus meiner aktuellen Situation heraus, sondern über den Teil des Hirns, der gemein als Langzeitgedächtnis bezeichnet wird, denn dort ist eine Menge gespeichert: Viele Höhepunkte und auch einige Tiefpunkte meines Lebens, die freilich mit der Zeit leicht modifiziert wurden. Was auch immer in Vergangenheit, Gegenwart und Zukunft passiert, Menschen neigen doch immer zu Realitätsverzerrungen. Ob sie sich, ständig um Selbstvervollständigung bemüht, für die Zukunft mit Kompetenzen ausstatten oder historische Fakten mit ihrem Stolz relativieren; immer geht es zu Lasten einer Objektivität. Das macht uns zum Subjekt Mensch. Mir persönlich waren zur Zeit meines Aufstrebens und

Aufgehens im gegenstandsbezogenen Kapitalismus tatsächlich Objekte besonders wichtig, neben einer allgegenwärtigen Kampfarena der Sexualität, wo natürlich das begehrte Subjekt fast vergegenständlicht wird und man sich immer wieder dabei ertappt, dass der Narzissmus im Endeffekt entscheidet. Doch das immer noch aktuelle Kulturprojekt Liebe bescherte mir hin wieder einen romantischen Tempel, der auf dem *animal rationale* erbaut wurde und für intensive Dopaminfluten sorgte. Auch das Begehren, dass sie begehrt, was ich begehre, (mal als Formel dahin gestellt) führte durchaus zu Momenten, die mit dem Begriff Glück wohl am besten in Verbindung gebracht werden können. Von daher muss ich durchaus gestehen, dass ich so etwas wie Glück gut kenne und dass so etwas in meinem Hirn abgespeichert wurde. Nur zu welchem Preis? Würde ein in dieser Hinsicht unerfahrenes Gehirn nicht viel leichtfertiger mit dem kaputten Körper umgehen können? Zugegeben, mir sind die Dinge unklar. Entscheidend ist, was ich hier schreiben kann; alles andere wird mir auf der Suche nicht behilflich sein. Wie andere Menschen in ihrem Wesen beschaffen sind entzieht sich wohl jeder Kenntnis. Da kann, und das muss ich zum heutigen Abschluss wirklich zugeben, nur die Literatur eine Annäherung wagen. Dies soll hier, zumindest für mein Selbst, eine von vielen sein.

6

Wenn Sie ihr Leid nicht in einer genau definierten Struktur artikulieren können, sind Sie erledigt. (Michel Houellebecq)

Macht der Form

Obgleich sich natürlich jeder Scheiber um den Inhalt Gedanken macht und dieser Prozess oft ganz unbewusst mit dem Formen der Wörter einhergeht, ist gerade ein hellwacher Geisteszustand, der sein Augenmerk auf den technischen Aspekt einer Sprache lenkt, gefragt. Grundsätzlich gilt natürlich zunächst, dass ein Mensch etwas zu sagen haben muss, bevor er sich um Formen kümmern kann. Die bisherigen Tagebucheinträge zeigen eindrucksvoll, wie reflektiert man beim Erschaffen von Buchseiten vorgehen darf. Es entsteht der Eindruck, dass sich unser großer Bankier als kleiner Schriftsteller entpuppt; jemand mit wachsendem Interesse an einer bewussten, formbezogenen Darstellungstechnik. Einerseits spielt natürlich der Versuch, sich selbst entdecken zu wollen, eine Rolle. Andererseits, so scheint es zumindest, wird verstärkt nach dem Design, das die optimale Gestalt seiner Wahrnehmung zum Ausdruck bringen kann, gesucht. Bei seinem wirtschaftsbezogenen Leben und der so konventionell anmutenden

Geisteshaltung, die sich durchaus hin und wieder überraschend philosophisch präsentiert, ist es verwunderlich, dass hier mit einer so erfrischenden Form hantiert wird. Nun gut, neuartige Krisen im Leben erfolgsverwöhnter Menschen können sicher Wunder bewirken, doch dass Bankdirektoren im Angesicht einer schlecht funktionierenden Lunge gleich ein mentales Leiden beschwören erscheint durchaus unrealistisch. Von daher kann es sein, dass da schon lange etwas geschlummert hat. Vielleicht eine hochprozentig kritische Gehirnmasse mit Hang zur Selbstreflektion oder aber mit Tendenz zum geistigen Tanz des Selbstmitleides. Auf alle Fälle wird sich mit viel Kraft darum bemüht, eine Möglichkeit zur gefühlvollen Ästhetik zu erzeugen. Etwas, das dem Ideal nach ein reales Abbild der vollständigen Wahrnehmung des Menschen malt. Natürlich ist alles in allem noch durch und durch unvollkommen, jedoch haben wir bereits ein Spektrum der seelischen Ursachen für den Schreibprozess dieses Menschen dargelegt bekommen. Es gleicht einem struktursuchenden Prozess, der das menschliche Lebensgefühl in eine Form pressen möchte und dies ersucht. Die Suche beginnt mit dem Leid und dem daraus resultierenden Bedürfnis, seinem Leiden Ausdruck zu verleihen. Wo der Prozess hinführt kann an dieser Stelle nicht prognostiziert werden, dazu gibt es weder Motiv noch Notwendigkeit. Lediglich sei erwähnt, dass das Leid nicht Träger des Gestells darstellt, sondern für das Fundament verantwortlich zu sein scheint. Als fundamentale Triebfeder der literarischen Schaffenskraft. Keine andere Kraft vermag die körperliche Schwäche zu kompensieren; nicht einmal die so oft beschworene Intimität der Liebe hilft ihm in diesen Tagen über den Schmerz. Künstliche Passionen sind entlarvt, und das Ich flieht in letzter Konsequenz in eine potentiell unendliche Welt der Wörter mit Strukturbildung und Funktionsoffenbarung.

Bisher handelt es sich bei der gewählten Form um ein Tagebuch, das linear und chronologisch geordnet Gedanken des Menschen beinhaltet, die uns Leser, obgleich nicht vom Schreiber gewollt, einen Einblick gewähren.

7

Denn dies haßte, verabscheute und verfluchte ich von allem doch am innigsten: diese Zufriedenheit, diese Gesundheit, Behaglichkeit, diesen gepflegten Optimismus des Bürgers, diese fette gedeihliche Zucht des Mittelmäßigen, Normalen, Durchschnittlichen.

(Hermann Hesse, Der Steppenwolf, S. 35ff.)

Mittwoch: Ernsthaftigkeit und Zynismus

Es ist bereits Abend und so berichte ich nun vom Tage. Heute Morgen bin ich nach einer schrecklich sauerstoffarmen Nacht mit fürchterlichen Kopfschmerzen aufgewacht. Mein Körper hat sich abstoßend angefühlt, ganz so, als würde eine alles zerfressende Krankheit in ihm wüten. Dieser Zustand hält immer noch an. Der Arztbesuch ist keineswegs eine mentale Bereicherung gewesen, sondern trägt nur dazu bei, dass ich mich noch kränker fühle.

Um Punkt zwölf hatte ich einen Termin bei einem Spezialisten für Lungenerkrankungen. Meinen Wagen parkte ich in der Tiefgarage des Ärztehauses und konnte glücklicherweise direkt mit dem Aufzug ins Wartezimmer gelangen. Jede Bewegung schmerzte in der Lunge. (Momentan geht es übrigens, und das sei als kleiner positiver Effekt erwähnt, denn der Herr Doktor verschrieb mir ein Cortison-Spray) Ich nahm auf einem der vielen grau-weißen Stühle in einem sterilen Warteraum Platz, nachdem die standardmäßig freundliche Arzthelferin mich dazu aufforderte. Es wurde gehustet, gelesen und geblättert. Genau so hatte ich es noch in Erinnerung. Das Warten auf Godot. Nach einer guten Stunde, zwei Illustrierten und drei Hustenattacken wurde meine Wenigkeit endlich aufgerufen. Durch einen kleinen Gang, der mit bunten Bildern an beiden Wänden bestückt war, gelangte ich in eines der vielen Untersuchungszimmer. „Der Herr, dein Arzt" kam wenig später in den sterilen Raum. Wie ein weißer Götterdämon lechzte er nach meinem kranken Körper. Dann die Fragen: Wie alt? Wie viele Zigaretten täglich? Beruf? Symptome? Die Wahrheit kam ans Licht; dieser übermäßige Konsum von Zigaretten und der dazugehörige Beruf eines gestressten Bankiers. Da hat sich der übende Mensch emporgeschwungen und fällt gleichermaßen durch einen Krebs ins Bodenlose. Dieser musste allerdings erst einmal diagnostiziert werden. Der Arzt schickte mich ins Röntgenzimmer zu einer hübschen Arzthelferin, die mich sogleich durchleuchtete. Wenig später konnte ich dunkle Flecken auf meiner grauen Lunge entdecken: Bronchialkrebs im fortgeschrittenen Stadium hieß es dann in der folgenden Besprechung. Schlimme Nachrichten. Es wurde mir empfohlen, eine Krebsstation a là Alexander Solschenizyn (den gleichnamigen Roman hatte ich noch in Erinnerung) aufzusuchen. Düstere mentale Stellungen rückten in meinen Geist: Vorstellungen von einem hellen Korridor, der von aufgegebenen totkranken Patienten bewohnt wird, die nichts anderes zu tun haben, als die Verantwortung ihres Lebens in die Hände der Ärzte zu legen. So wollte ich nicht enden. Ich dankte zynisch für die Diagnose und verabschiedete mich rasch.

Es ist bereits dunkel. Dunkelheit überschattet auch meine Gedanken. Der Arzt hatte mir heute einen Bericht ausgestellt, den ich nun unentwegt lese. Darin geht es einerseits um die Diagnose und andererseits um empfohlene Behandlungsmöglichkeiten wie Bestrahlung und Chemotherapie. Auch wenn mein Leben bisher mit Erfolg in konventionellen Bahnen verlief, möchte ich von nun an eher alternative Wege einschlagen. So begehe ich im Kopf bereits einen Weg, der eher zum Wahnsinn führt, als zur Vernunft. Doch das Risiko möchte ich eingehen. Der Entschluss soll feststehen, das Krankenhaus wird nicht aufgesucht, stattdessen informiere ich mich über naturheilkundliche Behandlungsmethoden aus dem afrikanischen Raum. Das kollektive Informationsnetz Internet bietet mir einen interessanten Bericht über eine Wahrsagerin und erfolgreiche Krebstherapeutin in Nordghana. Nebenbei finden sich dort auch aufschlussreiche Bezüge zu ethnologischen Studien, die immer wieder von unerklärlichen Phänomenen und transpersonaler

Kommunikation erzählen. Das fasziniert mich und so versinke ich kurzzeitig im medialen Reich und drucke etliche Informationen darüber aus.

8

Das Mitleid, die Empfindlichkeit, die manche Philosophen wegen der Leiden, denen die ganze Gattung unterworfen ist, an den Tag legen, ist in hohem Grade unphilosophisch.

(F. W. J. Schelling)

Philosophie und Zerfall

Im Angesicht des sicheren Zerfalls von menschlicher Körpermaterie ist es im Reich der scheinbar unendlichen Vielfalt medialer Kommunikation schon angenehmer, nach Sinn und Zweck zu suchen. Doch auch die Leiden unseres Protagonisten, der weitaus eingeschränkter kommuniziert, als ein auktorialer Erzähler dazu in der Lage ist, sind von höherer Bedeutung. Dass Krankheit und nahender Tod zu den Leiden zählen, von denen sich wirklich niemand ganz frei sprechen kann, liegt auf der Hand, doch sind oft die Dinge, die uns verbinden und gleich machen, besser greifbar, als Aspekte des Lebens, die nur wenige betreffen. Welcher Philosoph ist von diesem Standpunkt aus betrachtet alltagstauglich? Deshalb schicken wir ja auch einen recht konventionellen Bürger ins Rennen der Zeit und entwickeln mit ihm zusammen ein philosophisches Konstrukt, das dem Weltgeist nicht fremd sein wird. Es gilt, zu ersuchen, wie etwas ins Allgemeine zu übertragen ist, und nicht nur im Speziellen aufgefunden wird. Mit sicherer Distanz meiner auktorialen Persönlichkeit schwebt der Geist dieses literarischen Werkes auch immer an einer Grenze zum Surrealen. Hinter dieser Ebene ist dann prinzipiell alles möglich, doch werden wir behutsam vorgehen. Ein traumhafter Dokumentationsfaschist würde nie die reine Realität vorführen. Es geht um Gehirnmaschinerien, die unbewusst funktionieren und von einer irrationalen Kraft umgeben sind. Jenseits der Medien bleibt ein artiges Individuum niemals länger bestehen, außer es zerrt vom Wahnsinn. Die Geschichte des Wahnsinns geht einher mit historischen Aspekten der Vernunft, und wie zwei dialektische Begriffspaare zerfallen sie zur Synthese.

9

Die Ordnung, die die Natur hat im Universum errichten wollen, nimmt ihren Lauf: alles, was es zu sagen gibt, ist, daß die Natur alles, was sie nicht von unserer Vernunft erhalten haben mag, von unserem Wahnsinn erhält.

(Bayle, zitiert bei Michel Foucault, Wahnsinn und Gesellschaft, S. 171)

Donnerstag: Der Plan

Ich bin krankgeschrieben und verbringe meine Zeit vor dem vernetzten Informationswahn. Es soll ein Plan entwickelt werden, wie es mit Körper und Geist weitergeht. Via Internet kaufe ich von meinen gesparten Finanzen risikoreiche Optionen, um der Möglichkeit willen, richtig reich zu werden. Weiterhin habe ich um die hundert Seiten ausgedruckt, in denen Westafrika als spirituelle Hochburg deklariert wird. Da ich noch nie einen Fuß auf den afrikanischen Kontinent gesetzt habe, wird mit den Gedanken gespielt, eine Reise ins *Herz der Finsternis* (oder besser: vom Herz in die Peripherie) zu planen. Vielleicht entdecke ich dort eine Option der naturheilkundlichen Heilung. Der Plan zu meinem Vorhaben entpuppt sich bei genauer Recherche der Fluglinien und Visa, sowie Informationen vom Auswärtigen Amt, als schwierig. Das naturheilende

Zentrum im Norden Ghanas befindet sich mitten im Dschungel und scheint schwer erreichbar zu sein. Das gesichtete Kartenmaterial ist leider veraltet, doch gehe ich davon aus, dass immer noch keine betonierte Straße dort hinführt. Mein Telefon klingelt.

Es war meine Frau, die sich nach meinem Gesundheitszustand erkundigen wollte, doch ich erzählte ihr nichts von der schrecklichen Diagnose. Lediglich von dem Wunsch, ins ferne Schwarzafrika zu reisen, berichtete ich. Sie nahm es mit erstaunter Fassung auf und fragte zugleich, ob ich immer noch derselbe Mann sei, der mit ihr fünf ganze Jahre verheiratet gewesen ist. Wir beendeten schnell das Telefonat in der Hoffnung, dass der bevorstehende Trennungsschmerz, der uns sicher beide betraf, nicht wieder in die Gegenwart herauf beschworen wird, denn leider liegt seit geraumer Zeit die Möglichkeit einer Ehescheidung in der Luft. Nun bin ich in der gegenwärtigen Lage und fühle nichts. Glück gehabt. Vor dem Monitor sitzend bewege ich mich zwischen dem Task des Tagebuchs und einer soliden Internetrecherche zu einem Plan, der in Zukunft alles ändern soll. Neuartige und traditionelle Gebilde, Institutionen und ganz allgemein innovative Umgebungen sollen in mein Leben Einzug halten. Dazu schreibe ich nun ein kleines Gedicht.

Umgebung

Umgeben von Straßen und Abgasen
Grüne, gelbe und rote Phasen
Umgeben von Menschenmassen
Die füllen die Kassen
Umgeben von Hass und Gewalt
Das lässt uns doch kalt
Umgeben von Schmerz und Verbrechen
Das müssen wir rächen
Umgeben von künstlicher Liebe
Was ich dafür wohl kriege?

Umgeben von dieser Gesellschaft
Kostet einen wahren Menschen viel Kraft
Bis auch er den Sprung hat geschafft!

Erstaunlicher Weise schaffe ich es, einigermaßen poetisch meinen kritischen Schmerz der letzten Wochen zu offenbaren. Entweder kommt nun ein Sprung des Opportunisten in die Gesellschaft, ein Sprung in den Tod oder aber ein Absprung aus der Gesellschaft heraus in etwas anderes hinein. Letzteres ist Bestandteil des Plans. Dabei soll mir die Vernunft keinen Streich spielen, sondern auch das Reich des Wahnsinns berücksichtigen, das scheinbar große Anteile am Handlungsmuster und Denkschema der Menschen hat. Wenn man sich nur mal den großen Nietzsche ins Gedächtnis ruft, der mit seinem Denken maßgeblich die ganze Welt der Philosophie beeinflusst hat, wird klar, dass Wahn und Genie tatsächlich dicht beieinander liegen können (auch wenn bei ihm immer von einer Paralyse durch Syphilis gesprochen wird). Doch meine Wenigkeit ist eher am Boden zerstört, als am hohen Reck der Begrifflichkeiten turnend. *Also sprach Zarathustra* hat mich zwar angewidert, aber richtig verstanden habe ich die Lehre vom Übermenschen nie. Das Gesetz der ewigen Wiederkunft hingegen leuchtet mir ein und verstehen tue ich, dass man darüber verrückt werden kann. Der Weg, den ich vorhabe zu gehen, wird mir hoffentlich eine Antwort geben, wenn ich frage, ob es überhaupt Sinn macht, neue Wege auszuprobieren und von jeglichen Standards Abstand zu nehmen. Und wenn ja, werde ich beim nächsten Mal wieder denselben Weg wählen?

10

Erkenntnis ist nur möglich, weil sie keinen Zugang zur Realität hat.

(Niklas Luhmann, Erkenntnis als Konstruktion, S. 8ff.)

Mediale Realitäten

Wie sieht es mit dem Realitätsbezug der Schrift aus? Sie kann täuschen oder manipuliert werden. Sprache an sich kann, um George Orwells *1984* mal aufzugreifen, als Mittel der Täuschung fungieren. Doch ist sie auch Ausdruckskraft der Freiheit und der Unendlichkeit, die magische Kommunikationsmöglichkeit mit den Göttern oder dem monotheistischen Gott. Das Tagebuch unseres Protagonisten entpuppt sich ja, wie bereits erwähnt, als Selbstfindungsmedium und bietet vielleicht irgendwann die Option, Gott selbst zu werden. Oder vielleicht ist die Gesamtheit des Kunstwerkes göttergleich, so wie es die Heilige Schrift für den gemeinen Theologen darstellt. Methoden der Literaturtheorie, manchmal auch als Literaturphilosophie bezeichnet, analysieren das Verhältnis von Realitäten und Schrift: Interpretationsmöglichkeiten offenbaren verschiedene Zugänge für die unterschiedlichen Individuen mit Hilfsmitteln aus der Soziologie, Psychologie und anderen Disziplinen. In diesem Buch ist der allwissende Erzähler, der im stetigen

Wechsel zu den Schriftstücken des Protagonisten auftaucht, für Hilfestellungen bei der Interpretation verantwortlich. Wir versuchen so, Erkenntnis zu erlangen, ohne den Anspruch zu stellen, dass sie Zugang zur Realität hat. Aber anstatt Realitätsmangel zu kritisieren, erhofft man sich im Kosmos der Medien eine eigene virtuelle Realität, die funktioniert oder in den Köpfen der Leser zerfällt. Wie alles eines Tages zerfällt und erneuert wird und vielleicht sogar immer wiederkehrt, so ergeht es den Zeichen der Medien auch. Und doch gibt es die *Ordnung der Dinge* von Michel Foucault, die *Archäologie des Wissens* und die *Diskursökonomie* von Hartmut Winkler. Eine wissenschaftliche Wahrheitssuche, das Streben nach empirischer Erkenntnis, ist schon lange im Gange und wird bis in alle Ewigkeit oder bis zum Neuanfang von den Menschen getragen. Vielleicht läutet auch die Simulation des Urknalls oder der mediale Nachbau eines künstlichen Gehirns im Universum das Ende, die Apokalypse, ein. Eher unwahrscheinlich, wenn bedacht wird, dass der Mensch nicht nur seine Umwelt designt und neu erfindet, sondern inzwischen auch sich selbst. Menschen werden Götter und Streben nach Anerkennung und Selbstverwirklichung. Im Eros streben sie nach Glück durch Vereinigung, doch sind die Gehirne immer ordentlich voneinander getrennt. Ebenso wenig wie Erkenntnis Zugang zur Realität hat, haben die Gehirne Zugang zueinander. Sie können zwar miteinander kommunizieren, und dies über hochkomplexe philologische Systeme, doch die wahre Realität der individuellen Gedankenwelt bleibt dem Gegenüber wohl immer verborgen.

11

Bücher [...] sind dickere Briefe an Freunde.

(Peter Sloterdijk, Regeln für den Menschenpark, S. 7)

Freitag: Plan B

Liebes Tagebuch,

Vielleicht kommt irgendwann einmal ein Zeitpunkt, wo eine fremde Person diese Zeilen liest. Und so sei ihr hiermit versichert, dass ich ein Menschenfreund bin. Ich schreibe dieses Buch in erster Linie für mich selbst, um mein unvollständiges und verlorenes Selbstbild zu vervollständigen. Doch sollten diese intimen Schriften in andere Hände gelangen, so seid willkommen in meinem Freundeskreis und fühlet Euch nicht missachtet.

Der heutige Tag wird wieder vor dem Computer verbracht. Internet ist eine faszinierende Sache, genau wie das Metamedium Computer, das einem wirklich im virtuellen Raum viele gute Tasks ermöglicht. Einer davon ist mein Browser, der mir nonstop Ergebnisse liefert. Die Menschen scheinen in der westlichen Welt wie besessen von medizinischen Themen zu sein. Zig tausend Nutzer schreiben Beiträge in allen möglichen Foren zu allen erdenklichen Gegenständen. Leider ist vieles durch unterbelichtetes Halbwissen geprägt und erweckt den Anschein, als würde das Internet von Dummheit beherrscht, doch bei genauer Recherche stoße ich auch auf kompetente Information. Kritische Beleuchtungen der westlichen Standards im medizinischen Bereich erlangen bei mir besonderes Interesse. So berichten einige Krebspatienten von unzumutbaren und unfruchtbaren Methoden einer pseudomodernen Medizin, die ihre Klienten als bessere Versuchskaninchen missbraucht. Weitere kritische Betrachtungen drehen sich rund um die Klassengesellschaft und den eigentlichen Wert des Individuums, der von einer *Verachtung der Massen* geprägt ist. Keine schönen Gedanken. Leicht depressiv und verstört drucke ich die mir am interessantesten erscheinenden Schriften aus und archiviere sie. Drei klassische Ordner habe ich angelegt: Afrikanische Heilpraxis, moderne Medizin und Plan B. Letzterer ist ein erbärmlicher Versuch, meinen edlen Körper mit Hilfe von gewonnenem Kapital in einer renommierten Privatklinik unter hyperindividuellen Behandlungsaspekten zu neuem Leben erwecken zu lassen. Eine Art gepachtete Unsterblichkeit für Besserverdiener. Doch sind die Optionsscheine, in die ich mein gesamtes Kapital investiert habe, bereits nach einem Tag ins unermessliche Negativ abgerutscht. Das risikoreiche Unterfangen hat mich, den einst so engagierten Wirtschaftsprofi, in weniger als 24 Stunden ruiniert. Unglaublich, wie schnell Geld im vernetzten Zeitalter vernichtet werden kann. Irgendwie bin ich gleichgültig gestimmt. So kann doch mein Leben unmöglich von ökonomischen Zuständen abhängig gemacht werden. Auch wenn mit dem kapitalistischen Wohlstand die Lebenserwartung steigt, sollte immer ein gesundes Maß an zustandsunabhängigem Apriori über das Wohlergehen des Menschen bestimmen: psychische und physische Gesundung aus dem ursprünglichen Inneren heraus ohne diese Umweltdeterminante. Ohne diese ganzen äußeren Einflüsse, die andauernd Individuen zerstören und wieder aufbauen. Dreißig bis siebzig Prozent, je nach psychologischer These, die für unsere Persönlichkeit verantwortlich sind. Ich möchte gerne zum Ursprung zurück und zur inneren Zufriedenheit gelangen. Diese alles zerfressende Krankheit soll mich nicht davon abhalten, auf eine Suche zu gehen, die mir erlaubt, mein verlorenes Selbstbild wieder zu entdecken. Mit dem alten Selbst kommt die neue Welt. Ein Bild der Welt, wie ich sie noch nicht gesehen habe. Auf geht's zu neuen Welten, Plan B wird scheitern, meine Freunde.

12

Das individuelle Leben ist eine serialisierte, kapitalistische Miniaturkrise, ein Desaster, das Deinen Namen trägt.

(Brian Massumi)

Freiheitliche Depressionen

Oft wird ein Menschenbild, das wir von uns haben, neuerdings mit allerlei Schnickschnack aus der kapitalistischen Konsumwelt vervollständigt. Entwicklungspsychologen sehen diesen Prozess bereits im Spiel des Kindes angelegt, wenn es mit Spielzeugautos durch die Gegend tobt. Materielle Güter sind uns wichtig; sie definieren geradezu den Status im ewigen Downloaden vom Überbau der Muttermilchkuh. Wer an dem Überbau nicht partizipiert, verfällt leicht in eine Depression und weiß sich vor lauter Freiheit nicht mehr zu gebrauchen. *Tittitainment* (abgeleitet von „Titte", die Muttermilch spendet) gibt es genug, es kann also Abhilfe gegen die Unerträglichkeit der Langweile geschaffen werden. Wer sich hingegen in der fröhlichen Welt des Kapitalismus austoben kann, wird so viel Ablenkung im medialen Kosmos der Kommunikationen erfahren, dass ihm ein Übergang von der Depression in eine Manie beschert wird. Selbstverständlich nicht sonderlich krankhaft, verfügen wir doch alle über die Anlagen der psychiatrischen Krankheitsbilder, so dass ein jedes Individuum auf seine Art und Weise wenigstens ein klein wenig krank ist. Stellt sich natürlich hin und wieder die Frage, wie gesund ein System sein muss, damit die einzelnen Elementarteilchen, die sich zu gesättigten Molekülen verbinden wollen, ein einigermaßen vitales Dasein fristen können. Doch um das System geht es noch nicht. Unser Elementarteilchen ist krank und es begibt sich auf eine zunächst virtuelle Odyssee im Geiste der Planung. Während des körperlichen Zerfalls offenbart sich allerdings auch eine psychische Schwäche, die dem einst so integrierten Bankier zeigt, dass er vor lauter Integration auch etwas verloren hat. Das Bild seines Subjektes trägt seinen Namen aber das Subjekt trägt nicht ein Bild, das er gerne von sich haben möchte. Er hat sein Bild verloren. Es wird vermutet, dass es bei Gelegenheit wieder auftaucht und sich durch das virtuelle Universum der Buchstaben neu zeichnet. Diese Metapher des Bildes wird kommentiert und ergänzt. Den Rahmen bildet nicht das Gesamtwerk, sondern nur das Tagebuch. Alles darüber hinaus ist in einer Sphäre der metasubjektiven Literaturgattung zu erfahren, die hier proklamiert wird. Der Weg von einer Miniaturkrise zur nächsten ist zunächst das Ziel, das unser Protagonist erreichen wird. Man darf gespannt sein, wie sich das Individuum schlägt.

13

„Verwahrlosung, Lebensgier, Paranoia und Depression"
bilden die Koordinaten in denen sich die Menschen der
Gegenwart bewegen.

(Carl Hegemann)

Samstag: Alternativen

Meine Wohnung sieht furchtbar aus. Überall liegen
Dokumente herum und in der Küche stapelt sich das
Geschirr. Mein zunehmender Frust über das nahende
Ende des Körpers treibt mich in die Verwahrlosung und
ich bewege mich tatsächlich zwischen Lebensgier,
Paranoia und Depression. Plan B sollte der Lebensgier
dienlich sein, doch muss ich nach Alternativen Ausschau
halten, da die finanziellen Risikoinvestitionen gescheitert
sind. Soviel steht schon fest.

Es ist Mittag und heute Morgen ging ich von meinem
letzten Bargeld alternative Kleidung einkaufen. Nun sitze
ich hier in einem bunten Hemd vor dem virtuellen
Tagebuch und plane weitere innovative Züge auf dem
schwarz-weißen Brett der Zivilisation. Das Rauchen von
Zigaretten habe ich eingestellt und das Cortison-Spray
hilft mir, die unerträglichen Lungenprobleme wenigstens
teilweise zu lösen. Vor dem Drang, bunte Kleidung zu

tragen, hatte ich ein Gespräch mit meiner Angetrauten: Sie möchte sich endgültig scheiden lassen, da ich mich schon seit geraumer Zeit angeblich von ihr entfremdet habe und das finanzielle Desaster nur den I-Punkt darstellt. Die schlechte Kunde durchfuhr meinen Körper wie ein Elektroschock: Zittern, Nadelstiche im Gesicht und ein inneres Rumoren waren die Konsequenzen einer medialen Nachricht, die mein Gehirn außerhalb jeder Metaphysik direkt über den Dopamin-Haushalt in meine Physis schickte. Gegenwärtig habe ich immer noch mit den Nachwirkungen zu kämpfen. Eine posttraumatische Depression sucht mich heim, fördert Schreibblockaden und stiftet Verwirrung inmitten meiner verwahrlosten Umgebung. Im Moment geht es mir wie Dostojewski, dessen Protagonist, ein deutscher Philosoph, mal verkündete, dass das Beste im Leben die Blausäure sei. Mein eigener Protagonist bin ich selbst in diesem teils verdüsternden, teils erhellenden virtuellen Gebilde von Tagebuch, das mir eine Straße baut, um einen Weg zu zeigen, der mich ins Reich meiner eigenen Gedankenwelt führt. Auch wenn Blausäure ein Bestandteil dieser verfluchten Tabakprodukte, die ich Jahrzehnte konsumiert habe, ist, so weiß ich ganz sicher, dass Freitod niemals eine Option für mich sein wird, obwohl Dostojewski, die Inkarnation der Depression, es schafft, ein sympathisches Licht auf selbstmörderische Gifte zu werfen. Seltsamer Weise habe ich zwei Jahrzehnte an einem Massenselbstmord partizipiert und so dafür gesorgt, dass mein Körper trotz gesundem Geist, der immer mehr seiner abhängigen Physis nacheifert, in eine scheinbar unumkehrbare Situation gerät, mit der ich mir einen besonderen Zustand bewusst machen kann. Dieser Zustand entwickelt sich zu einer Offenbarung, die das Existentielle unserer Lebenswelt zum Vorschein bringt: den Verlust des immer dagewesenen, so gewöhnlich gewordenen Nimbus eines völlig normalen, selbstverständlichen Status quo, der mit seinem Schein eine Illusion erschafft, dass man geneigt ist, an eine Form der Unendlichkeit zu glauben. Doch das diametrale Gegenteil tritt ein. Wenn die Dinge verschwinden, vermisst man sie. Im Licht ihrer allgegenwärtigen Präsenz sind sie nichts Besonderes. Es drängt sich eine Frage nach Alternativen auf. Doch schnell kann ich hier im Universum der Zeichen antworten: Es gibt keine Alternative zum Tod, zum Ende, Schluss und Exitus. Nur der Weg dahin muss gegangen werden. Dafür bin ich mit meiner ganzen aus dem Schmerz geschöpften Kreativität zuständig und werde im finanziellen Verfall, trotz aller Depression und Paranoia, nach Möglichkeiten Ausschau halten, um dem nachzustreben, was diffamiert betrachtet allgemein als Lebensgier zu bezeichnen ist. Ich möchte mit aller Dringlichkeit am Leben bleiben, auch wenn die esoterische Alternative nicht einer westlichen Rationalität entspricht, sondern auf unglaublich tiefen Intuitionen beruht, womit etwas besiegelt wird, das mir persönlich zu neuer innovativer Willenskraft verhilft. Zum Teufel mit Frau und Geld; zum Himmel mit meinem eigenen Fleisch. Ich schalte den Fernseher an.

14

*Der Spaßterrorismus hat uns unserer Langeweile
beraubt.*

(Guillaume Paoli)

Spaß

Wir amüsieren uns zu Tode sagte einst ein berühmter
und bemühter Medienwissenschaftler mit einer
gewissen resignierten Geisteshaltung, die den Leser
darauf aufmerksam machen konnte, dass es bereits für
revidierende Rettungsmaßnahmen zu spät sei.
Entertainment und Infotainment, oder auch das bereits
angesprochene Tittitainment aus der
Globalisierungsfalle, zähmen auf gewisse Art den
mündigen Menschen, um ihm dann so etwas wie
Freiheit zu suggerieren. Gut, französische Philosophen
entgegnen, dass der Mensch erst dressiert werden
muss, damit er die Freiheit erlangen kann, doch so
einfach ist das mit unseren kulturellen Praxen auch
nicht. Inzwischen stellt sich weniger die Frage, ob
jemand frei sein kann, sondern es drängt eher auf eine
Antwort, die Aufschluss darüber gibt, inwieweit
überhaupt Freiheit existent ist. Illusionen
metaphysischer Freiheit schweben durch ein Universum
voller Beschränkungen. Ein schwarzer Kasten voller
Technik ermöglicht uns Sterblichen doch tatsächlich ein

unwillkürliches Gefühl der Unendlichkeit im Spektrum von Aufmerksamkeiten, die dafür gut sind, jegliche Langeweile zu vernichten. Wie furchtbar und zutiefst unmenschlich das doch sein kann, erblicken wir immer dann, wenn eine Hausfrau beim Bügeln Nachmittagstalkshows konsumiert. Die allgegenwärtige Präsenz von Codes und Zeichen, von Bildern und Botschaften im multimedialen Raum der unendlichen Vielfalt vermitteln den Anschein, dass es so etwas wie Langeweile gar nicht gibt. Ob nun aktive Interaktion oder passive Berieselung, in der Welt der Medien ist Langeweile ein erklärter Feind und liebevoller Begleiter von Kritikern, die Werke nach Unterhaltungs- und Spannungswert beurteilen und stets darauf bedacht sind, einen hohen Anspruch während der Rezeption aufzuspüren, um diesen dann menschengerecht zu artikulieren und besonders schmackhaft zu präsentieren. Diese Dinge und dieser Spaßterror, der ein neues *Unbehagen in der Kultur* erschaffen hat, sind dafür verantwortlich, dass unsere Mentalität nicht mehr fähig ist, ein gesundes Maß an zeitloser Eigeninitiative für die sogenannte Langeweile bereit zu stellen. Wenn nach Freuds ‚Unbehagen' die Sublimierungen und Selbstzerstörungen im Fokus der Aggression und Sexualität für ein Realitätsprinzip des kulturellen Individuums stehen, wobei es sich immer zwischen den beiden berühmten Instanzen ‚Es' und ‚Über-Ich' bewegt, ist eines für die heutige Zeit ganz sicher: Das transindividuelle Gestell zwingt und zwängt Körper und Geister der Individuen systematisch in eine Form der Abhängigkeit von Strukturen einer Welt, die nur darauf bedacht sind, Menschen zu einem großen Ballen zu formen. Ein riesiges Projekt, das den prätentiösen Namen Kultur trägt.

15

Daß eine institutionalisierte Kunst des Unmöglichen nicht an den Maßstäben der westlichen Trivialontologie und der entsprechenden psychologischen Normalitätkonstrukte zu messen sein kann, ist immerhin einsichtig.

(Peter Sloterdijk, Du musst dein Leben ändern, S. 437)

Sonntag: Trivialitäten-Pflege

Eine schrecklich lange Nacht mit viel Schmerz und ohne Schlaf liegt hinter mir. Es ist schon seltsam, wie viel Einfluss die Gesundheit eines Menschen auf das gesamte Spektrum trivialer Selbstverständlichkeiten nimmt, wobei es immer darauf ankommt, ob wir den gemeinen Teil des Lebens für wirklich selbstverständlich erachten oder eher darauf bedacht sind, ständig nach Sphären zu greifen, die jenseits einer gewöhnlichen Welt liegen. Momentan gilt mein Interesse ausschließlich dem schmerzfreien Befinden, das die Pflege einer trivialen Idealvorstellung impliziert, denn wahrhaftig betrachtet kann Schmerz auch etwas ungeheuerlich Erfreuliches sein, insbesondere dort, wo im Normalbereich gar nichts mehr gefühlt und gespürt wird. Würde sich mein Schmerz zu einem kalten, nicht mehr spürbaren Zustand wandeln, so dürfte sich mein Geist wieder aus dem tiefen Tal der Depression erheben und auf Spuren wandeln, von denen behauptet werden könnte, dass sie einen Weg zu einem besseren Dasein aufzeigen. Diesen beschwerlichen Weg werde ich gehen. Wenn ich schreibe, habe ich keine Angst.

Es ist Sonntag. Der ultimative Ruhetag und das letzte kleine Kapitel dieses literarischen Experiments. Ein recht persönliches Experiment, doch nicht zu persönlich. Wie schon erwähnt: Ich verstehe ebenso wie Peter Sloterdijk Bücher als dicke Briefe an Freunde. Man muss ja nicht so unglaublich viele Freunde haben, doch aber weise wählen. Deshalb schließe ich das bescheidene Büchlein mit einer kleinen Liste meiner liebsten Autoren.

Herzlichst

Ihr Freund

Literaturempfehlungen

Zons, Raimar: Die Zeit des Menschen - Zur Kritik des Posthumanismus. Frankfurt a.M.: Suhrkamp, 2001.

Sloterdijk, Peter: Du mußt dein Leben ändern: Über Anthropotechnik. 2. Aufl.. Frankfurt am Main, Berlin: Suhrkamp Verlag, 2010.

Hörisch, Jochen: Eine Geschichte der Medien. Vom Urknall zum Internet. Frankfurt am Main: Suhrkamp, 2004.

Hörisch, Jochen: Theorie-Apotheke. Frankfurt am Main: Suhrkamp, 2010.

Safranski, Rüdiger: Romantik : eine deutsche Affäre. 6. Aufl.. Frankfurt am Main: Fischer-Taschenbuch-Verlag, 2009.

Finkielkraut, Alain ; Houellebecq, Michel ; Schulte-Herbrueggen, Thomas ; Sloterdijk, Peter ; Weibel, Peter ; Hegemann, Claus: Kapitalismus und Depression : Glück ohne Ende. II. 1. Aufl.. Berlin: Alexander-Verlag, 2000.

Houellebecq, Michel ; Wittmann, Uli: Elementarteilchen: Roman. 1. Aufl.. Köln: DuMont Buchverlag, 2014

Breuer, Reinhard: Der Flügelschlag des Schmetterlings. Ein neues Weltbild durch die Chaosforschung. Stgrt.: Deutsche Verlagsanstalt, 1993.